# 이대로 사랑할 수 없을까

홍도화 시집

# 이대로 사랑할 수 없을까

홍도화 시집

예술의숲

# 序文

사랑은 어둠을 사르는 빛이다

고통의 소리는 직접 드러내지 않고
빗대어 말해야 한다는 것을
성경을 읽으며 알았다

마음속의 마음을 가꾸기 시작한 삶에서
지혜로운 입술의 열매를 찾다가
만나게 된 시

그것은
말 때문에 생긴 상처를
꽃으로 피우는 일이었다

사랑을 쓰고
사랑을 읽으며
나를 가꾸는 지금
사랑 꽃이 마음에서 피어난다

2021년 늦가을
미이 홍도화

## ◈ 차 례 ◈

序文 _ 5

### 1부. 놓을 수 없는 손

몸속 창고를 뒤지다 _ 13
상처는 흉터로 남는다 _ 14
말속의 말 _ 15
엉키다 _ 16
미묘한 관계 _ 17
고장 난 관계 _ 18
함께 한다는 것 _ 19
뜻을 담다 _ 20
불태운 관계 _ 21
여유 _ 22
멀미 _ 23
산다는 것은 _ 24
첫날의 설렘 _ 25
곡해의 흔적 _ 26
그 길의 끝 _ 27
목마른 정 _ 28

괴로움 그치다 _ 29
머물지 않는 세월 _ 30
갈증 _ 31
인연의 끈 _ 32
급체 _ 33
망설이지 말자 _ 34
포진 바이러스 _ 35
얼마나 더 _ 36
찾는 것 찾고 싶은 것 _ 37
허물 _ 38
웽 웽 _ 39
편도샘 _ 40
갈등 _ 41

## 2부. 왜 자꾸 눈물이 나는 걸까

여행 _ 45
메아리 없는 편지 _ 46
그대 이름 _ 47
산수유 _ 48
기다림 _ 50
어떻게 잊을까요 _ 51

길 _ 52
열두 달의 무게 _ 53
칠판에 적는 詩 _ 54
우리 _ 55
독버섯 _ 56
하지 마늘 _ 57
가을 _ 58
가을걷이 _ 59
가을의 상념 _ 60
가을 단상 _ 61
분홍쥐꼬리새의 날갯짓 _ 62
비밀 장소 _ 63
바람개비 _ 64
귀뚜라미 _ 66
쑥부쟁이 눈물 _ 67
지금 꽃은 피고지고 _ 68
가로등 불빛 _ 69
겨울 초입에서 _ 70
밀고 밀리고 _ 71
설거지하는 남자 _ 72
교복 _ 73
문경새재 _ 74
졸업 _ 76

## 3부. 스며드는 것

카네이션 _ 79
등이 휘어진 가을 _ 80
이름, 그 무게 _ 81
보리밭에 서서 추억을 소환한다 _ 82
마음속 무게 _ 83
흔들리는 가을 _ 84
말 그릇의 깊이 _ 85
듣고 새기거라 _ 86
성장통 _ 88
어머니의 시간 _ 89
익어가는 것 _ 90
복사꽃이 늦게 핀 이유 _ 92
입원실 뜰에서 _ 93
기다림을 위한 기다림 _ 94
독한 잠 _ 95
갈 곳이 있다는 건 _ 96
엄마의 뱃가죽 _ 97
눈 내리는 날의 기도 _ 98
백발의 소원 _ 99
독자에게 주는 시 _ 100

자꾸 하늘을 본다 __ 102
촛불 __ 104
부서진 꽃 __ 105
장독대 __ 106
지지 않는 꽃 __ 107
군자란 __ 108
옹달샘에서 눈물이 솟는다 __ 109
옹이 __ 110
후회 __ 111
바다, 그 자리 __ 112

跋文 - 새로움은 공간을 깬다 / 증재록 __ 113

# 1부. 놓을 수 없는 손

# 몸속 창고를 뒤지다

사람의 몸은 보이지 않는 곳에 상처가 많다

힘을 뺀 걸음의 시간을 매만지며
멈출 수 없는 욕망 잠시 세워놓고
때 묻은 현재와 과거가 담긴
몸속 창고를 뒤지는 날

무게를 달고 키를 재고
선천적 요인 후천적 요인 따지다가
긴긴 줄과 광채 나는 빛을 삼키고
겨울을 피하지 못한 제비처럼
웅크리고 있는 침묵 한 덩이

쉴 사이 없이 쓸어 담던 위장 속
주름진 구석구석 들추어 찾아낸
시뻘건 문장들
쉽게 꺼내 쓰고 쉽게 입힌 상처가
깊은 체면에 들어서야 보이는
몸속 창고

## 상처는 흉터로 남는다

유리 탁자 위에
크고 작은 화분을 올려놓고
화초에 물을 주며 자리를 옮겨 닦을 때마다
긁은 흔적 보인다

상처는 상처를 물고
작은 상처가 쌓여 큰 흉터로
남는다는 것을 본다

상처에 약한 것이 유리뿐일까
비 오는 날이면 상처 아문 자리가
근질근질 가려워 자꾸 긁게 되고
그것이 또 상처로 노출되는 것을

맑을수록 빛이 잘 통과되는 유리처럼
마음 닦아 보려 부지런히 손 움직여 보지만
흉터로 자글자글하게 주름진 손
민망하기만 하다

# 말속의 말

구불구불 굽은 길을 달리는
버스 안 거치대에 기대선 사람
울컥울컥 일렁이는 사이로
머릿속의 말 흘러나온다

차창 너머로 부서지는 파도
꼬리 문 기차의 경적까지
울림 앞에 줄 세우며
찔린 상처 풀어놓을 때마다
얼룩진 눈물 자국
바람을 타듯 마음속의 말을 쏟아낸다
쏟아내면 잊어질까

따지고 보면
중요한 것도 기억할 것도
다 지나간 것인데
머릿속의 말 마음속의 말에
숫자까지 동원하여 줄줄 써내려가며
말속에 말을 섞고 있다

# 엉키다

빗질할 때마다 반짝이던 머리칼
어느 때부터인가
한 두 가닥 고집을 피우더니
껌에 붙어 뭉친 듯 옹이진 덩어리
답답함을 보듬고 달래보아도
내려가질 않는다

스치는 바람에
조심스럽게 들어 올려 보지만
닫아건 빗장
풀지를 않는다

물을 뿌리다 싹둑
뜨거운 바람으로 녹이다 싹둑
자르고 또 자르고
여기저기 잘려나간 휑한 자리
상처가 아린데
엉겨 붙은 마음 풀 생각을 안 한다

# 미묘한 관계

살다 보면
승자 없는 줄다리기를 하는
미묘한 일이 생긴다

식탁을 마주하며 시간을 묵혔으면
식성도 닮아가련만
장바구니 마주 잡고
이거사라 저거사라 줄다리기 한다

그러다 목소리 크다고
홱 돌아서 가버리면
누가 볼까 주변 시선에 신경 쓰는
어깨 움츠린 덩치 큰 두루미처럼
한 다리로 절룩절룩
멀쑥하게 걷는다

통증을 느끼는 가슴
혼자서서 도닥도닥 이는데
혼자 시장가는 일이 제일 싫다는
친구의 말이 바람을 탄다

# 고장 난 관계

천만의 손짓으로
비틀고 흔드는 바람도
억만의 소리로
마음을 풀어내는 빗줄기도
두 손으로 받쳐 든 우산 속에 품으면
하나가 된 것처럼 좋다

비 오는 날의 만남이 좋아서
빗길을 걷는 것이 좋아서
눅눅하게 젖어오는 걸음조차
가볍다

변하지 않을 것 같던 걸음이
천둥소리 한 번에
그렇게 부러져 버리면
그렇게 돌아서 가버리면

이미 그리움에 젖어 든 나는
이미 몸으로 받아 든 빗줄기는
어떻게 감당하라고

# 함께 한다는 것

그는 빨간색 물김치를 고집하고
나는 하얀색 물김치를 고집한다

함께 한다며
위해 준다며
서로 다른 생각을 하고
서로 다른 곳을 바라보며
못마땅한 소리 높이며
젖어 든 시간

나는 빨간색 물김치를 담고
그는 하얀색의 나를 바라보는
삶의 콧노래

# 뜻을 담다

차가운 이야기 뜨거운 이야기
서로 엉켜 왁자지껄
구수하기만 하면 얼마나 좋을까

하기 싫은 소리를 해야 하고
듣기 싫은 소리도 들어야 하는
견디기 힘든 얼굴 하나
찻잔 속에 외로이 떠 있다

이대로 머무를 수 없을까
이대로 사랑할 수 없을까
고통 속에 우러나는 단맛은 없을까

김이 나는 차향에 가려진 눈동자
어쩔 수 없이 해야 하는 쓰디쓴 이야기
저어야 하나 흔들어야 하나
뜻이 담긴 문서 한 장
바람에 펄럭인다

# 불태운 관계

찬바람 불던 날
속을 태우는 것이 싫다며
찡그린 얼굴로 가버린 너를
그리움에 사로잡혀 찾는다

헤매던 눈길 마주치던 날
눈물 어리어리
반갑게 너의 손을 잡고
품에 안는다

혹여 다시 네 속을 태운다 해도
뻔한 핑계로 가지 마라
그건 다시 너를 달구며
체온을 높여야 하니까

# 여유

노래하느라 쉬어버린 목
휘파람 소리만 내고
씨앗은
뿌리는
땀 냄새 품었지만
움은 아직 땅 속에 있다

찔리고 찌르느라 굳어진 상처
혼자서 지워보려는 발버둥
무색하게 맴돌다 길 잃은 기록물
부서지는 파도에 던져 넣고 홀로
남겨진 시간을 즐긴다

그래, 하늘에는 쓸 곳도 많고
바다에는 버릴 곳도 많으니
괴로움 세우지 말자

## 멀미

덜컹이는 개집 지붕 위에
큰 돌덩이 하나 얹어놓고
난간에 기대고 있는 것 내려
벽 쪽으로 붙인다

만취한 듯 불어오는 센 바람에
간절한 마음 담아 버티는데
보고 찾아내는 것처럼
훑고 가는 바람

어제는 그 일로 다투느라 흔들리고
오늘은 화를 다스리지 못하여
깨지고 흩어진다

품을 수도
버릴 수도 없는 흔들림
적당히 물기만 말리고 가면 좋겠다

# 산다는 것은

서로 다른 옷을 입고
서로 다른 꿈을 꾸고
부딪치고 흔들리고 갈등하며
가려진 또 하나의 얼굴로 사는 것

가까울수록 귀한 것을 당연하다하고
익숙한 것이 사라지면
후회하며 고마움을 찾는 것

상처 많은 나무가 옹이를 품듯
잊으며
비우며
베풀며
아쉬움의 옷을 하나씩
벗어 놓는 것

# 첫날의 설렘

지난밤에 걸었던 길은
수탉의 목 타는 울음에 사라져가고
요란한 소리로 터널을 통과한 기차
플랫폼으로 미끄러지듯 들어온다

가고 오는 회전 속에 받아든 시간
설렘 반 두려움 반으로 받아든
열 두 장의 조각들
낱말의 퍼즐을 맞추느라
구르는 소리조차 숨죽이고 있다

공간 없이 채운
무대의 주인공이 되고 싶어
부스스 일어나 뛰는 걸음
첫 만남의 설렘을 안고
오늘을 또 달린다

## 곡해의 흔적

눈길 한번 주지 않고 불어대던
미친바람
다시는 보고 싶지 않았다

분명하게 새겨 놓고
봉투에 담아 가슴에 품던 모습 눈에 선한데
아니라며 들이대는 모습
가시로 찌르는 듯 아팠다

겨울나무처럼 기다림을 품고
시린 마음 들키지 않으려
속없이 웃으며 자리를 지켰다

폭풍도 멈추고 눈물도 멈추던 날
겸연쩍게 다가와
봉투가 들려있는 손 내밀었을 때
더는, 나눌 마음 남아 있지 않아서
그저 태없이 웃을 수 있었다

# 그 길의 끝

길은 언제나 열려 있다
갈 수도 설 수도 있지만
멈출 수 없는 길

갈림길 앞이다
선택해야 하는 어려움이 있어도
목적지는 길의 끝이다

사노라 쏟아낸 많은 이야기
아무도 밟지 않은 눈길 위에
선명하게 찍힌 발자국처럼
아니 잘 박힌 못자국처럼 새겨질
길 위의 걸음

그 길의 끝은
나에게 무어라 말을 할까

## 목마른 정

겨울과 봄 사이
비가 되어 내릴까 눈이 되어 내릴까
그 사이 마음은 사뭇 흔들린다

어제는 넘치는 따사로움에
끈적이는 땀이 흘렀고
오늘은 함박눈 펑펑
시야를 가린다

샘물을 우물물이라 우기고
억새를 갈대라고 우기고
시로 시작하여 소설로 끝내는 헛말
도대체 그 속내가 궁금하다

여름과 겨울사이
몇 번 더 옷을 입었다 벗었다 해야
사랑할 수 있을까

# 괴로움 그치다

깜빡 깜박 손짓하던 불빛
산 너머 가버리고
주인 잃은 그림자
들것에 실려 나간다

밖은 아직 어두운데
조각난 단어 길을 잃고
치솟는 불빛에 취한 잿가루
여기저기 흔적을 남긴다

참 재미있는 세상
잘 살아보려 날마다 맞춰보던 퍼즐
아직 자리를 다 채우지도 못했는데
햇살 품은 먹구름
마음을 뒤 덮는다

# 머물지 않는 세월

따스한 바람이 창문을 흔들며
방안에 머무는 햇살을 부른다

겨우내 힘이 되어 주었던 지팡이
울안에 던져놓고
쇠 손잡이 하나 뱃살중턱에 걸치고
이슬냄새 풍기는 들판을 간다

오르락내리락
앉은 것도 선 것도 아닌 자세
굽은 허리 버팀목하고
엉덩이로 땅을 고른다

해가 노닐다 간 자리엔 어둠내리고
그칠 줄 모르는 호미 소리

삐걱삐걱 노래하는 수레에 태우고
세월과 손잡고 천천히 간다

# 갈증

콧노래 흥얼대며
몸 흔드는 사람
방금 두고 간 겉옷 어디 있냐며
찾는다

그동안 뿌린 이야기
담장 밑에 자라나
무수한 향기 꽃잎에 머무는데
방금 두고 간 가방 어디 있냐며
또 찾는다

휴대폰 통화하며 전화기를 찾고
말할 때 들어주고 손잡아 줄
사람 찾느라 목이 탄다

# 인연의 끈

갈림길 출발선
영원 할 수 없다는 것 알지만
놓을 수 없는 손
못 박은 궤 모서리에
한잎 두잎 흩뿌려지는 꽃
진흙에 굴리며 아픔을 밀어낸다
온몸 구석구석 흙으로 연결된 유전자
끝내 아쉬운 인연의 끈을
땅속 깊이 묻고
또 묻고
발로 밟는다

# 급체

입으로 들어온 음식물은
몸 밖으로 나가고
피부에 쌓이는 때는
떨어져 나가는데

귓구멍 속으로 들어온 이물질 하나
몇 날이 지나도 나가지 않고
긁는 소리 귓전에 머문다

밤눈 밝은 쥐 한 마리
헛발 디뎌 구덩이 속에 빠지고
사명처럼 긁어대는 요란한 몸부림
급체에 걸려있다

# 망설이지 말자

하얀 남방
칼날같이 줄 세운 검정 바지
핼쑥한 얼굴
깔끔한 헤어스타일
반짝반짝 광나는 구두

거울을 본다
어깨 짓누르는 가방끈
내려트려진 손잡이에
너덜너덜 춤추는 실밥

핑곗김에 털썩 들어 앉아
촛불로 실밥 태우고
이빨로 끊어본다

손가락 열 개를 폈다 접었다
오늘이 몇 번째인가
잘 보이고 싶다

# 포진 바이러스

벌겋게 달아오른 살갗을
밀고 올라오는 물집
잊을 만하면 쑤시고 아프고
잊었는가 하면 또 따갑고 가렵고

이렇게 오래 아플 줄 알았으면
엉킨 살갗 도려내고 짜낼 것을

품고 있기에 너무나 무거운
그래서 더 잊고 싶은
불쑥불쑥 치미는 기억
응어리진 속살이 아리다

# 얼마나 더

차려입은 사람
가던 길 잊었는지
한적한 산길을 향하여
걸음 옮긴다

발끝에 다가서는 촉촉한 이슬
걸음 수를 헤아리는 들풀의 손짓
얼마나 더 걸으면
만나 볼 수 있을까

떼어 놓는 발자국마다 묻어나는
흔들림, 무겁게 밟아도
새겨지지 않는 것들
얼마나 더 걸으면
찾을 수 있을까

# 찾는 것 찾고 싶은 것

스펙 쌓느라 동분서주하는 걸음
퍼렇게 배어나오는 멍 자국
물집 묻어나온다

설수도 앉을 수도
멈출 수도 없는
두드림

어딜까 어디에 있을까
겹겹이 쌓이는 속 풀어놓고 싶은데
밖에서 열수 있는 손잡이가 없다

굳어 박힌 군살까지 동원하며
문 두드리는데
열리는 곳 어디일까
어디일까

# 허물

각방을 쓰기 시작한 지가 언제였더라
한방을 쓰던 때가 언제 있었나
낡아 얇아진 시간
대답이 없다

문틈으로 새어 나오는 것에 이끌려 열어보니
공놀이하고 있는 양말들
뒤집어진 방석, 뒹구는 사물 사이에
한쪽 팔 없어진 잠바 하나
기우뚱하게 누워있다

입 벌린 쓰레기통 들고 나오며
정리 잘하는 사람과 살고 싶다는 한마디에
줄줄 따라 나오는 것들
그래 그런 사람하고 가서 살아

이게 뭐지? 자세히 들여다보니
내가 뒹굴고
던져진 허물이 울고 있었다

## 웽 웽

배가 아파 병원에 갔더니
아~ 혀를 내밀어라
머리가 아파 병원에 갔더니
아~ 혀를 내밀어라

어제 내뱉은 말이
오늘 내뱉은 그 말이
혓바닥에 새겨져
그 말 때문에 배가 아프고
그 말 때문에 머리가 아프고

거미 몸에 붙어살던 말벌 한 마리
바닥으로 떨어질 듯 날개를 펴더니
웽웽 소리 내며 공격할 곳 찾는다

미안하다고 한 번만 말해야겠다
괜찮다고 한 번만 말해야겠다

## 편도샘

넓은 거실에 취침등 하나 밝혀놓고
구석에 쪼그리고 앉아
찬물 한 모금 입에 물고
우물우물 마음을 다스린다

혀끝 세워 잇몸 더듬다가
양 볼 늘려 부풀리다가
살며시 목구멍으로 넘기려는데
뚱뚱 부은 목젖이 길을 막고 있다

참으면 되는 줄 알았는데
이해하면 될 줄 알았는데
탈 없이 넘어가던 것까지
퍽퍽 소리 내며 걸린다
비대해진 편도샘
잘라내기는
참아낸 세월이 참 아깝다

# 갈등

출근 시간
막히지 않는 길이 어디에 있을까
밀리는 길 위에서 느긋함 또한
어찌 기대할 수 있을까

비포장 길을 달리며 대화를 나누다
흔들림 때문에 멀미를 하고
커지는 볼륨 때문에 나누기 힘든 대화
올공올공 겉도는 보리알 같다

장미는 꽃을 보호하려 가시를 세우고
가시로 치장한 선인장은 고운 꽃을 피우지만
손가락에 가시 하나 박혀도
품고 있기 어려운 나

나는 날마다 갈등하며
조물주의 사랑을 묵상한다

# 2부. 왜 자꾸 눈물이 나는 걸까

# 여행

맞물려야 돌아가는 기계처럼
매일 같은 길을 오가는 토끼걸음
반복은 일상을 답답하게 하여
가끔 길을 바꾼다

떠날 수 있는 여유가 아무 때나
허락된 것은 아니지만
바람에 출렁이는 표면보다
굶주린 욕망을 채우려
빛을 따라나선다

별 쏟아져 내리는 곳에서 땀 흘리고
굵직한 소낙비 울음 들으며
작음을 보고 큰 것을 깨닫는
여행
입던 옷 주섬주섬 모아서 버리고
새 옷을 입는다

## 메아리도 없는 편지

이번이 몇 번째인가
쓰고 또 쓰고
보내고 또 보내도
메아리도 없는 편지

몸이 아픈가
마음이 아픈가
그리움은 근심으로 변하고 근심은
가뭄 든 들판처럼
목이 마르다

함께 앉았던 자리
함께 걷던 자리에서
서걱서걱 물 찾는
갈대 울음소리 들으며
또 편지를 쓴다

# 그대 이름

천사의 옷자락일까
고운 마음의 조각일까

소리 내지 못하는
웅어리진 마음을
덮어주는 날갯짓

전하고 싶은 마음 새겨놓고
또 새기는 발자국

크게 써놓고 불러보는
이름
이름
그대 이름

# 산수유

말문이 트인 나이부터
사춘기를 지나
중년의 초입까지 피운 꽃을
노래하는 그녀

어느 날 아빠 닮은 사람 만나
손잡고 걷던 길
엄마의 마음을 훔쳐 눈물로 닦다가
길에서 만난 어둠

불을 밝히고 밝히며
살을 쥐어짜듯 일에 몰입하고 몰입하다가
별똥별을 보며 빌다 빌어보다가
놓아버린 손

불 위에 얹어놓은 압력밥솥이
일정 이상의 압력을 이기지 못하여
세찬 증기를 뿜어내며 소리치듯
새 밥을 짓는다

그렇게 새로 짓는 밥은
그렇게 불을 끌어안고
빨갛게 익어간다

# 기다림

어디에 있을까
오겠다는 약속을 한 것도 아닌데
행여 오려나

목구멍까지 차오르는 그리움,
강바닥을 채우고 둑을 넘으려 울렁이는
장맛물 같다

찾아 나설 용기도
몸을 숨길 공간도 없지만
밤을 울음으로 밝히는 귀뚜라미처럼
외로움도 줄 세워
보여주고 싶다

## 어떻게 잊을까요

아픔도
추억도
시간이 흐르면서
조금씩 잊으며 산다지만

잊을만하면
압력솥 수증기처럼
꼬리를 물고 뿜어 나오는데

그것을 어떻게
잊을 수 있을까요

그림자처럼 따라다니는
그, 그리움을

## 길

거칠고 모난 것 다듬어
차곡차곡 쌓아 올린 성안에
뿌리내린 소나무
가지 뻗어 물을 찾는다

햇살 좋아 바람 좋아 키를 키운 나무
방향 치는 태풍에 부러지고 찢어지니
흘러내리는 진액 검붉은 피 같다

길은 언제나 밝은 줄만 알았다
어둠 따위는 가로등 불빛에 물러가고
눈썹달 그림자에도
쉽게 물러서는 줄 알았다

보이지 않는 바람이 무섭고
어둠도 아프다는 거
길을 걸으며 안다

# 열두 달의 무게

소망을 엮어 12장의 달력에 담았을 때
그것은 땅에 내리는 빛줄기만큼 찬란했다

장미꽃 같았던 11장의 삶은
삶과 앎의 거리를 좁히다 좁히다
힘 뺀 걸음으로 사라져가고
달랑 한 장 남은 달력
그마저 펄렁거린다

누리고 싶었던 것을 찾으며 뛰던 일
버려야 할 것을 품고 걷던 일
지금은 그저 허전한 마음 달래며
영혼 없는 변명만 줄줄이 잇대다
남은 날을 세어본다
이제 사흘 남았다
그러나 어찌하랴!
시 한 줄에 가슴이 벅차 또,
나날의 무게를 잊게 되는 것을

# 칠판에 적는 詩

찬바람이 코끝을 자극하고
어깨가 움츠러드는 시간
말쑥한 복장으로 등을 보인 사람
가슴에 담아두었던 말
분수 물 뿜어내듯 줄줄

한 글자 두 글자 적힐 때마다
칠판은 소리 내며 울고
그 입장 헤아려볼 여유 없이
한참을 흔들더니
과거의 일까지 들추어 쓴다
다 덜어냈을까

꽉 채우며 적어 내려간 글씨
삐뚤삐뚤 詩가 되어
내게로 걸어온다

# 우리

사노라면
싫어도 가끔씩은
우리라는 이름 앞에 고개를 숙여야 하는
때가 있다

지난주, 내키지 않는 옻닭이 독을 품어
일주일째 체질을 바꾸고 있다.
좁쌀 알갱이처럼 온몸에 꽃을 피우더니
열 열 열로 만든 붉은 반점을
살점에 뿌린다

사람과 사람의 만남
이해하고 양보한 일로
때로는 원하지 않는 수난의 꽃 피어
온몸 긁는 고통을 겪어도

우리
그건 너와 나이기 때문에
사랑해야 하는 것

## 독버섯

빨간 독버섯이
산에서 자라는 독버섯이
친구의 몸에서 자란다

칙칙한 빛을 쏘고 또 쏘고
좋은 약 나쁜 약
뿌리고 또 뿌리고

바람에 불려가는 나비처럼
침묵을 하나씩 걷어 올리며
손끝에 닿는 것마다
발끝에 닿는 것마다
아프다 아프다

울고 싶어도 울지 못하고
훌쩍 돌아눕는 뒷모습

지친 삶의 별들이
아픔마다 설핀 별들이
방안 가득
뚝뚝 떨어져 내린다

# 하지 마늘

오직 한길뿐이었다
스스로 선택한 건 아니었다
만추에 묻혀 해를 넘겨야 하는 일은
무거운 추위를 이겨내야 하는 거였다

외로움을 이기려 쪽수를 늘리고
떨고 있는 모습 감추려
볏짚 뒤집어쓰고 북을 돋웠다

추위에 방치한 듯 버려진 돌봄
그것은 입안을 가득 채울 수 있는
향을 키우는 일 이었다

나를 비우고 내려놓아
으깨지고 어우러져야 맛을 이끌 수 있다는 걸
철이 든 후에야 알게 되었다

# 가을

얼굴 붉히는 감나무도
산모처럼 뚱뚱해지는 밤송이도
품 안으로 파고드는 가을 앞에
살아온 세월의 흔적을 고스란히 드러낸다

조절되지 않는 감정에 이끌려
날뛰던 여름 날씨의 폭력도
무작정 첫발 떼기 하려는 겨울도
익어서 쏟아낼 가을을 흔들고 있다

잘 준비하지 못한 채 익어가는 가을 들녘
거둬들일 주인 앞에
적나라하게 드러날 나의 가을은
어떤 모습으로 치장이 될까

# 가을걷이

얼굴 붉어진 사과
상자에 담겨 떠날 채비 서두르고
꽃필 때부터 수줍어하던 단감도
가야 할 때를 아는 듯
나뭇잎 사이로 몸을 드러낸다

상강 무렵이면 추수가 마무리되듯
땅따먹기 즐기던 세상 놀이도 끝이 난다
나도 해 질 녘,
찬 서리 내리기 전에 돌아가면 좋겠다

떠나간 사람은 많은데
돌아온 사람이 없는 이상의 세계
떠나는 것이 두려운 것이 아닌
가을걷이 된 알곡으로
천상의 영역창고에 들이면 좋겠다

# 가을의 상념

차지하고 있는 것이 많은데
더 채우려는 무거움

태양의 뜨거운 마음을 사모하고
날마다 입을 키운 해바라기 꽃
이루고 싶은 소원이 설마 하나였을까

열매 가득한 들판에
더 이루고 싶은 소원만큼
무거워지는 머리

말라가는 풀 위에서 맞이하는
찬바람,
가을이 살갗을 파고든다

# 가을 단상

가을은
사계절 중 가장 많은 이름을
가지고 있다지요

풍요롭다 외롭다
그러면서 허물로 얼룩진
걸음을 덮어 주는 듯 합니다

조금씩 색을 바꾸는 가을을
빨리 지나가고 있는 가을을
그냥 무의미로 보내며
아직도 펼치고 있는

황혼의 들녘을 바라봅니다

## 분홍쥐꼬리새의 날갯짓

- 핑크뮬리

세상에는 저마다의 위치와
삶에 몫이 있다

흔들리는 삶에 찢기고 찢기다
엉킨 듯 갈라지는 좁고 긴 줄기

꽃을 피워야 했기에
바람에 맞서야 했기에
스스로 강해져야 했을 줄기

휘어도 부러지지 않고 견디어 낸 것은
핑크색 물 진하게 들판을 품으면
상처도 그리움도
감출 수 있었기 때문이었을

가녀린 몸으로 아픔을 이겨낸 선물
가을꽃이 피었다
내 소중한 사람을 위해 춤추되
찌르지는 말자고

## 비밀 장소

가람 줄기에 밀려온
퇴적물의 신음
화끈 달아오른 뿌리를 품는다

덥수룩한 갈바람에
머리카락 끌어올리며
허리를 폈다 접었다
방향감각도 잊어버린 채
쑥부쟁이 들국화 살살이 꽃과
얼굴 부비는 시간 날마다 청춘이다

풀어져 가는 마디의 흩어짐
가을 늪에 비친 얼굴에서
잎 떨어지는 걸 본다

실 눈뜨고 풀어내는 사모의 정
비밀리에 안고 싶은 갈바람
밤을 꼬박 꼬박 새우며
습지 속
사랑에 빠져든다

# 바람개비

– 언 땅을 밀고 올라오는 새순의 아우성은 가까이
들리는데 마음은 아직 한겨울에서 서성인다

따스한 햇볕이 그리웠을
울퉁불퉁한 손마디 그 마디마디에 걸린
가위는 날마다 허공에서 춤추고
사람에게 시달리는 위장은
바람개비같이 텅 빈 소리를 돌리며
삭여야 했을 일생이
바다에 빠진다

어둠의 농도가 점점 짙어지니
길을 떠나야 하는 두려움에서 헤어나기 위해
한 움큼의 약을 뼛속까지 밀어 넣으며
힘들게 참았을 울음의 무게가 어깨를 짓누른다

천연스레 비치는 햇살이
고드름을 녹이고
언 땅을 밀고 올라오는
새순으로 채워지는 세상

세상은 그 손마디를 어떻게 기억해주려나

어둠도 없고 아픔도 없을
사랑의 온기만 가득할 천국
천국에서 평안할 그녀를
가슴에 묻는다

# 귀뚜라미

단단한 벽에 부딪쳐도
깨지지 않는 울음이
애절하다

차갑고 무거운 것들을 차곡차곡
혼자 짊어지다
곱사등이 되어버린 너

계절이 변하니
나뭇잎도 변하듯
문제없는 세상이 어디 있다고
부끄럽다며 몸 숨기고 왜
혼자 울어야 할까

밤 기온 떨어지는 온도만큼
낮아지고 있는 울음소리
이제 곧 겨울 올 텐데
남은 울음 다 울고 떠날 때
인사라도 나누고 가면 좋겠다

# 쑥부쟁이 눈물

복잡한 생각 땅속에 묻어놓으면
가을 그날의 이별이 되뇌어 진다

하늘의 눈길이 보라색으로 흔들리고
눈앞에서 지치지도 않는
그리움 하나

기다리다 말라 죽어도
잊지 못하는 고통 견디며
다시 홀로 피어나는 꽃

바람은 마구 흔들고
벌은 마구 달려들고

천만번 피고 지고 피고 져도
그래 더 기다릴 거야

그것뿐인데 너를 보면 왜
자꾸 눈물이 나는 걸까

# 지금 꽃은 피고지고

사방을 봐도 마음 둘 곳 찾지 못하고
머릿속이 혼란하여 정리가 안 되고
찾고 있는 물건 손에 들고 찾아다니고

삶은 늘 지금이 가장 힘들어
지금만 지나가면
지금만 지나가면

그렇게 평생 살아왔으면서
또
지금만 지나가면
지금만 잘 지나가면

지금도 금 앞에 서있다

# 가로등 불빛

다른 사람과 비교하며 달리던 시간
제어장치 주춤주춤 발길 옮길 때
밝음과 어둠이
조용히 자리 바꾼다

세찬 비바람 치는 날이면
살갗 터지게 추운 날이면
안개 눈앞 가리는 날이면
더 그리운 빛

고단한 하루를 짊어진 어깨 위에
술 취한 이의 뻔뻔한 행동 위에
마지막 순간까지 불태우며
너그럽게 비추는 빛

어두울수록 더 눈부시게
비추이고 있다

# 겨울 초입에서

바람은 점점 더
감추었던 성질을 드러내고
냉정함에 스친 마음 한 자락
정 둘 곳을 찾는다

어둠은 소리 없이 내리고
캄캄해진 땅에 홀로 선 나무
할 말을 잊었다
춤도 잊었다

술에 젖은 듯
비틀거리는 달빛 한 조각
앙상한 가지 위에 내려앉아
희미해진 가을의 발자취를
지우고 있다

# 밀고 밀리고

세상의 모든 것은
내주고 차지하고
그래서 영원한 것은 없다

지난주 남편을 하늘로 보낸
이웃 아주머니
무슨 낯으로 살아가냐며
곡소리 낭자한데
뜨락의 감나무에 달린 감은
가지가 찢어질 듯
자리싸움하며 얼굴을 붉히고 있다

인정머리 없는 찬바람에
떨어진 감꼭지는 메말라가고
아까부터 다가온 붉은 노을
떨어지지 않는 그림자 떼버리려
몸 흔들고 있다

## 설거지하는 남자

집안일을 사소히 여기는 사람이
요즘 들어 곧잘 설거지를 한다
그릇 한 개 씻느라 열 바가지 물을 흘려도
그가 씻은 것은 다시 씻어야 하는데

싱크대 앞에 다가가
양 팔꿈치를 싱크대에 고이고
구부정하게 굽은 허리 자세로
아프지도 않은 엄살을 떤다

비켜요 내가 하게
꿈쩍도 안 하는 그가
허리를 구부리고 싱크대에 팔을 괸 채
울고 있었다

어머니가 하던 자세 그대로 따라 하며
그리움을 달래고 있었다

## 교복

꿈을 키우는 습관도
꽃망울 터트리는 모양도 각각 다르지만
단정한 옷을 입어야 하는 의무감 때문에
더 자고 놀고 싶은 것 참아 내지만
튀고 싶다

물오른 버들강아지 눈썹
어설픈 솜씨로 꾸미다
두껍고 넓어져 어색하여도
그것이 좋아 아침은 거르고
오리걸음 벌 받으며 시작되는 하루
교복 벗어던지고 날고 싶다

억제하지 못하는 동작과
버겁게 새어나오는 감성언어에 놀라
일찍 피어난 꽃
이별의 향기 애드벌룬에 매달고
또 다른 설렘, 출발선 앞에서
졸업장을 받는다

## 문경새재

주흘산과 조령산은 한 번도 어둠을 우려내지 않았다
태곳적 아비가 붙인 이름으로 천년을 잉태하고
또 이어갈 천년이 손을 잡고 있을 뿐

맨살에 수놓듯 자랐을 산속 소나무는
태풍을 삼키느라 수없이 흔들리며 받은 상처를 피하지 않는다
홀로 눈물 흘렸을 밤
아비는 어둠을 도려내 방 안으로 불러들이고
손가락에 침을 발라야 넘길 수 있는 책장을 넘긴 까닭에
글자는 괴로워서 일어섰을 것이다
아니 똑바로 걸을 수 있을 때까지 책장을 넘긴 까닭에
아비 품에 있었을 마패의 산속 밤은 더 어두웠을 것이다

밤을 가둔 숲속으로 돌아온 새벽

날갯짓이 서툰 어린 새는 허공을 향해 빗금 치고
밤새 새재 길을 낮추느라 툭툭 불거진 어미의 손마디
구불구불해진 길은 넘어져도 다치지 않는
황토 길이 되었다는 걸 아비는 알고 있었을 것이다

입보다 귀를 세우라며 아비는
아비가 될 아이의 손을 잡고 문경새재 길을 품는다

# 졸업

인사도 나누지 않고
뒤 돌아 보지도 않고 가버리는
새 길에는
비도 그치고 바람도 그치고
힘들지 않기를 손 모은다

날마다 오르내리던 계단에
추억 널브러져 있고
틈새마다 고인 울림
발등에 내린다
발걸음 소리도 전화 소리도
함께 가버린 교실에 마음 하나 덜렁 칠판에 걸려있다

보내고
맞이하는 이월의
새 주인을 기다리는 의자처럼
익숙해질 날 있을까

# 3부. 스며드는 것

# 카네이션

가슴에 달린
빨간 카네이션 꽃이
어버이날을 끌어 들인다

바쁘다
이런 핑계 저런 핑계로
자주 찾아뵙지 못한 아쉬움

가슴 훑고 바람결에
시든 잎 하나
축 처진 어깨 위에
그리움 흘리고 간다

## 등이 휘어진 가을

알곡도 죽정이도 품고 사느라
땅과 가까워진 등허리

곡간을 채우려
등짝으로 일군 땅의 열매
무엇을 위한 것이었을까

휘어도
휘어도
부러지지 않고
알곡은 무겁다고 말하지 않는
등 굽은 걸음

등은 휘어도
걸음은 가볍다는
등에서 키운 아들딸은
누구를 위한 열매였을까

# 이름, 그 무게

사물을 분별하기 어려운
캄캄한 밤
소나기가 내립니다

가장이라는 무거운 이름 때문에
아픔 또한 무거웠을
한밤중의 눈물은
쌀가마니 짜는 소리에 묻히고

동튼 아침 구름은 떼 지어 움직이고
하늘이라는 이유 때문에
검은 구름을 품어야 하고
몸살이 나도
물꼬를 보러 가야 하는 아버지

아버지라는 이름으로 져야 하는
십자가
그 무게

## 보리밭에 서서 추억을 소환한다

가녀린 몸으로
겨울과 맞서던 보리 싹은
봄이 올 것을 믿었기 때문이고
밭 훑어대는
바람을 견딘 것은
아버지의 땀이
뿌려졌기 때문이다

바람에 흔들려도 부러지지 않고
알곡을 품어 키운 이유는
밥을 기다리는
위장胃腸 의 울음소리 때문이었을

보리밭에 바람이 인다

누렇게 익어가는
보리밭에 서서
하늘과 바람과 아버지의
열매를 본다

# 마음속 무게

작아서 그럴까
점점 무거워지는 마음
숫자 따라 희비가 엇갈린다

무거울 때는 가벼운 것이 그립고
포근할 때는 까슬한 것이 그립고
내 것보다 네 것이 좋아 보이는 욕망
그 차지하는 무게가 선한 것이면 좋겠다

두 벌 옷이면 족하다 하신 아버지
고개 들고 둘러보니 가진 것이 참 많은데
더 취하고 싶은 욕망
무게를 무시하는 세월 탓인가

날마다 새날의 중심은 행복인데
행복의 무게는 선택일까 권리일까
마음속 무게를 달아본다

## 흔들리는 가을

큰 나무도 혼자 있으면
외롭다는 것을
나뭇잎도 두려울 때는
흔들리며 견딘다는 것을

바람이 거세게 부는 가을날
부러진 가지에 고여 있는
눈물 자국을 보고 안다

속이 보이지 않는 속 깊은 나무
떠나보내야 하는 일이 사뭇 아파서
찬밥에도 갓 지은 밥에도
늘 물을 말던
아버지

치아가 시린 듯
뿌리가 상한 듯
눈빛 바람에 가슴을 적시는
아버지
아버지의 가을이 흔들린다

# 말 그릇의 깊이

묵을수록 수리가 필요한 것이
물건뿐일까
몸은 물론 마음도 말도
고쳐가며 써야 한다는 아버지

급하게 먹은 음식에 체하기 쉽고
돌부리를 차면 발부리가 아프듯
급하게 내는 말에 상처를 입는다며
똥의 재료가 될까
삶의 재료가 될까
세 번 이상 생각하라는

아버지의
슬프고도 맑은
뻐꾸기 소리 같은 소원

채우려고 내는 말
비우려고 내는 말
채우는 것과 비우는 것을
담을 수 있는 그릇의
깊이는 얼마여야 할까

## 듣고 새기거라

- 지록위마(指鹿爲馬)

서로 다른 생각으로 행동하고
서로 다른 방법으로 기억하더라도
톱니바퀴 물리듯 돌아가면 좋으련만

너를 믿고 나를 믿는다며
수년간 나누던 정을
건망증 상습범이라며 소리를 높이고
누가 속이고 있다며 탓을한다

벌겋게 달아오른 귀를 닦고
충혈된 눈을 씻으며
예전처럼 얼굴 바라보며
웃을 수 있을까

저녁 밥상머리에 숟가락 놓는데
갑자기 치밀어 오르는 눈물
울컥울컥 가슴을 친다

항상 마음으로 듣고 가슴에 새기라는

아버지의 음성
사람은 겪어봐도 그 속을 모른다며
어둠을 지우고 있다

# 성장통

신호등 없는 건널목에서
수신호 방망이를 흔들고 있는 아버지
구슬 붙어 소리 내지 못하는 호루라기
바라보고 있자니
답답하다

그리 길지 않은 건널목을
손 뻗어 건널 수 있는 건널목을
빨갛게 뛰고 싶은데
노랗게 날고 싶은데
정지하라며 흔드는 아버지의 팔
묶여있는 발사이로
꽃바람이 분다

# 어머니의 시간

시린 무릎 굽히고 홀로 누운 자리
스스로가 누군지 어떻게 살았는지
아지랑이 피듯 현기증을 느끼는 어머니

아무런 아쉬움도 없는 듯
순수 미래로 향하여
돌아누울 힘조차 없는 어머니

새벽빛 와 닿으면 스러지는 이슬처럼
몽롱하게 흐려지는 삶의 맥박이
늘어진 살갗에 붙어 오늘도 또 하루
얼굴 모양을 변형시키고 있다

돌아가신 지 십수 년이 넘은 아버지를 만났다며
울퉁불퉁한 살결에 고인 눈물 닦는 어머니

한마디 변명도 통하지 않을 그 길
햇살 따라나서는 긴 그늘
서산마루에 해가 걸렸으면 좋겠다

## 익어가는 것

기다림을 가둔 품 안으로
스며드는 것이 그리움뿐일까

태풍을 여러 개 겪으며
하늘은 더 높이 밀려 올라가고
힘 오른 바람 기운 때문일까
들판의 색이 변하고 있다

자신을 스스로 돌아볼 겨를은 없었다
밤공기가 숨어있는 들판을
호미질하던 손길은 오롯이
자식이었던 어머니

자리를 깔고 몸 누이고
기억조차 메말라가고 있는
지금도,
뼛속 골수까지 자식으로 채운
어머니

몸 돌릴 때마다
되 읊는 신음에
통통해진 낱알들이
익어가고 있다

# 복사꽃이 늦게 핀 이유

오월의 햇살 아래 피어난 꽃
겹겹이 동글동글 탐스런 얼굴이
눈부시다

하루에도 몇 번씩
흔들리는 꽃을
우주만큼 무거웠을 꽃의 무게를
떠받들고 피우느라
활처럼 휘어진 꽃대 하나가
지지대에 묶여 있다

허리 한 번 펴지 못하고
지팡이에 의지하여 걷는
엄마

엄마라는 이름 하나가
자식에 묶여서도
별처럼 반짝이고 있다

# 입원실 뜰에서

마른 입 다시는 소리에
숨넘어가는 고개의 떨림이
낙엽 구르는 신음이다

세월에 짓눌린 엉덩이는
삶의 무게를 지우느냐고 목마르고
떨어지는 초침만 겨우 삼킨다

궁핍을 뒤집어쓰고 일구어낸 땅
잔돌까지 골라낸 은혜 망극한데
더 주고 싶은 사랑일랑
꼭 안고 가야 할 영원의 길인가

눈물 한 방울로 슬픔을 적시기전
무엇을 해야 후회하지 않을 수 있을까

# 기다림을 위한 기다림

그다지 길지도 않은 통로 끝자락에
기다림의 지렛대를 고정해놓고
의자에 몸을 맡긴 어머니

엉킨 것 풀며 고단했을 머릿속
머리칼 하나둘 빠져나간 자리
그마저 눈발처럼 흔들리고 있다

그리움 차곡차곡 개켜
무릎 위에 가지런히 얹어놓고
집이 아닌 곳과의 익숙함을 연습하고있다

약속하지 않은 기다림을
누군가 와주길 기다리는
지루한 연습

어머니의 하루는 그렇게 지쳐가고 있다

# 독한 잠

비가 장맛날처럼 내리는 한낮
의료 침상에 여윈 몸을 누인 모습

엄마 자요?
나는 낮에 잠이 안 와

평생을 소처럼 일하며 살았다는 표현이
어색하지 않은 엄마
일은 힘든 것이 아니고 즐기는 것이라며
소나무처럼 늘 푸르던 엄마

그건 스스로에게 건 최면이었을까
지금 엄마는
식사 때만 눈을 뜨는 코알라처럼
독한 잠에 취해 있다

밥보다 양이 많은 약에 취함인가
영과 혼의 헤어짐을 준비함일까
뼈가 보일 듯 얇아진 엄마 손을 꼭 잡고

귓전에 속삭인다.
엄마! 나 배고파요

# 갈 곳이 있다는 건

아침잠을 밟고
지나가는 시간을 어찌하랴
밥 한 수저 떠먹으며 옷 바꿔 입고
또 한 수저 입에 물고 얼굴 치장하다
입술 그리는 건 잊고  뛰는 걸음
병원에 들렀다 가야하는데
환자 같은 모습에 엄마 걱정 쌓일까
다시 들어가 입술을 그리고 달린다

거듭되는 일이 있다는 것
바쁘게 움직일 수 있다는 것
갈 곳이 있다는 것은
갈잎 난가리 위에
봄, 여름이 일어선다는 것

# 엄마의 뱃가죽

입춘이 지났다지만
아직은 매운바람 치는 날
건넌방 구석에서 신음소리 들린다
귀를 세우고 달려간 거기
겨우내 홀로 있던 감자가
싹을 티우는 몸부림이었다

오래도록 잊고 살았다
싹을 키우느라 속을 모두 퍼내 쭈그러진
엄마의 뱃가죽
그 앞에서 울컥 솟는 눈물

호미 스친 상처에 곰팡이 감추고
두들두들 비포장길 같은 몸
오직 싹 하나를 위하여 견딘 어둠
엄마의 뱃가죽에서 자란 싹
싹 싹 빌고 또 빈다

# 눈 내리는 날의 기도

하늘과 땅의 경계를 지워놓고
잿빛 마음 펄펄 자유롭게 날리는 날
창 너머로 펼쳐지는 풍경을
하염없이 바라보는 엄마
차가운 귤 한 개 손에 쥐고
시들하게 시든 그리움
풀어 놓는다

가난해서 배불리 먹이지 못했던
기억이 아파서
수북이 쌓이는 눈더미를 바라보며
저것이 모두다 쌀이면 좋겠다며
중얼중얼 주문처럼 외고 있는 엄마
엄마 눈가에 별이 내린다

백색의 설원에 머무는 질척한 기억
먹을 것 풍성한
가을에 머물면 좋겠다

# 백발의 소원

여름내 재잘대던 제비들
떼 지어 떠나가고
그리움만 뒹구는 마당 한구석
덩그러니 놓인 의자 위에
눈이 내린다

눈 쌓이면 비는 엄마의 소원
딸아, 너는 하얀 쌀밥 그득한 대갓집으로
사랑 따라 가거라 하시던
엄마!
엄마의 백발이 날린다

바람만 남은 자리
힘없이 녹아내리는 눈처럼
머지않아 엄마도
녹아내릴, 녹아내릴 텐데

눈 소복소복 내리고
엄마의 소원
소복소복 쌓인다

## 독자에게 주는 시

- 안개 길

만지고 싶다
가고 와야 하는 발목은 묶였지만
봄꽃은 춤을 춘다

스마트폰 문자가 몸을 세운다
온종일 수면 상태로
침대를 누른 발꿈치는 까맣고
어깨 위 물집 몇 개 생기더니
자기들끼리 뭉쳐 수군수군

코로나19로 면회사절

한 주 또 한 주 지쳐가는 보고픔
젖은 눈빛 허공에 내동댕이쳐지고
덜그럭 덜그럭 일어서는 뼈 마디마디
현대판 고려장 문 안의 엄마를 부른다

엄마!

더러는 열 수 있는 문도 있으련만
풀지 못하는 수수께끼 같은 냉전
언제 끝나, 손잡아볼 수 있을까

# 자꾸 하늘을 본다

앞에서 지켜주던 산이
날아갔다
멀리서 바라보던 산이
사라졌다

보이는 것은
외로이 서 있는 전봇대 하나
줄줄 연결된 줄이 잉잉 운다

만남은
계속 이어갈 수 없는
이별

밤하늘을 밝히며
마음으로 바라보는
별이 되고
달이 되고

끊어질 듯 이어질 듯

이별의 아픔을 가슴으로 풀어내는
한 소절 곡소리

보이는 것이 다가 아니라던 엄마
눈에 보이는 모든 것이
엄마를 찾고 있다

# 촛불

성탄을 축하하는 밤
촛불 하나 손에 들고 불씨를 옮기고
또 옆으로 옮겨가며
고요한 밤 바람결에 불춤을 춘다

몸을 태워 무대를 밝히고
나눌수록 많아지며
많을수록 힘이 모아지는 촛불

중심이 약해질까 힘을 잃을까
용기와 격려의 불씨로
평생 불을 붙여준 엄마,
엄마는 나를 위해 얼마나 많은 것을
포기해야 했을까

# 부서진 꽃

못 박은 궤 모서리 앞에서
나누고 싶은 인사의 말 꺼내지 못하는 인연
어쩔 수 없이 놓아야하기에
체한 가슴팍만 두드린다

너무 많이 너무 넓게
섬기며 살아온 삶
아직 밭머리 쉼 조차 누려 보지 못했는데
알알이 부서진 꽃잎
파헤친 땅위에 흩뿌려진다

누가 알 수 있을까
눈길마저 멀어진 채
눈물 뿌려 밟아야하는
영별의 시간을

# 장독대

먼지 묻어 더러워질까
문지르고 닦는 장독
장독 안에는 아마도
가족의 건강과 안녕이
들어있었나 보다

새벽마다 찬물로 머리 감고
정화수 한 그릇에 소원을 담아
지극정성으로 빌던 장독대
엄마 소원은 무엇이었을까

독을 열고 들여다보니
새카만 장위에 엄마 얼굴
별로 반짝인다

살아있는 장을 품은 장독
정성을 품은 엄마 사랑
그 사랑 냄새가 짙다

# 지지 않는 꽃

다가서면 눈이 시리고
멀어지면 그리운 꽃

차가운 바람이 칼이라고
뜨거운 햇살이 불이라고
피하고 돌아섰다면
피어나지 못했을 꽃

깨달음이 느리고
깨우침이 무거워지고
때로는 그 사랑이 채찍질 같아서
꺾일 듯 부러질 듯 방황을 해도
질서 있게 이어가는 생명체
엄마 품에서 피어난다

꽃이 되라
꽃이 되어라
기도 소리 들으며
피어나는 꽃
엄마가 피운 꽃은 지지 않는다

# 군자란

봄은 사랑을 깨우고
사랑은 꽃을 깨운다

겨우내 꽁꽁 얼어붙은 그리움
잎사귀에 차곡차곡 덜어내며
흘린 눈물의 기도

가끔은 괴로움에 울고 싶었을
가끔은 기다림에 지쳐있었을
추위를 이기며 피운 꽃

송이송이 튀는 꽃들의 소원을
한 대롱에 묶어 키워낸  어머니
망울망울 숨결이 다순
어머니를 닮은 고상한 꽃

# 옹달샘에서 눈물이 솟는다

옹달샘에 물고이듯
슬픔 한 바가지 퍼내고 나면
또 차오르는 눈물에
가슴이 젖는다

소금에 절여진 배춧잎처럼
축 처진 어깨는
나를 지켜보는 사람 앞에
주저앉아 울 수 없다는 것

이름 모를 새는 말을 걸어오고
언 땅을 밀고 올라오는
새순의 아우성 가까이 들리는데
부르면 대답해줄 엄마,
엄마 소식
바람에게 물어본다

# 옹이

겨울나무 줄기에
잎 떨군 흔적
추위와 상처를 이겨내는
옹이에서 향기가 난다

참아온 감정은 상처가 되고
상처의 흔적은 또 다른 상처로
기절직전까지 몰아세우는 옹이가 될지라도
묵묵히 단단하게 지켜내는 이름
엄마

마지막 길모퉁이
그 끝을 돌아가는 순간까지
절대적인 힘으로 견디는 이유도
엄마라는 이름 때문이다

# 후회

산 아래 있는 나는
산꼭대기에 오른 너를 볼 수 없으니
계단을 오르며 후회하는 일이
어디 한 두 가지일까

밤이면 잠이 오지 않는다던 어머니
어머니를 이해하지 못하고
성화꺼리 만든다며 원망도 했다

청춘은 세월 따라 흐르고
어머니 자리에서 맞이하는 밤
벌써 며칠 째인가
다스려지지 않는 밤

찌르고 찔렸던 아픔이
따듯하게 안아주지 못했던 미안함이
맑은 날 밤에도
흐린 날 밤에도
어머니를 매만지고 있다

## 바다, 그 자리

바다의 끝자락과
하늘의 첫 자락이 마주하는 곳
그곳에 어머니가 있다

물이 되어 눕지도 못하고
그래서일까 잠들지도 못하는 바다
그곳에 어머니의 눈물이 있다

상처 없는 바위가 어디 있을까
늘 푸름의 연속은 또 어디에 있을까
시커멓게 멍든 파도는 소리치며 달려들고
비바람 눈보라가 앞길 가려도
그곳에 어머니의 기도가 있다

변함없는 그 자리
그 자리는 바다
그 자리는 어머니

<홍도화 제2시집 跋文>

# 새로움은 공간을 깬다

- 이대로 사랑할 수 없을까

증재록 한국문인협회홍보위원

## 1. 그리움을 꽃피운다

품을 연다. 태어난 길에는 뿜어내는 소리의 열기가 꽃을 피운다. 자기가 자기 앞에서 찾아가는 길이 열리고 돌아보는 자신의 진술이 거울이 된다. 알리고 느끼게 해서 생명을 펼쳐내는 개성의 영역이다. 겨울 봄 여름 그리고 가을이 왔다. 결실이니 이별이니 말을 하지만 겉과 속을 모두 내보이면서 또 다른 새길로 나가는 탄생이다. 잎을 따라 꽃을 피우고 열매를 맺고 낙엽에 이르러서야 뿌리를 내보인다. 한해를 돌면서 이뤄낸 결실의 과정이다. 비로소 너와 내가 만나 바로 서고 바로 누워 굽이를 헤쳐온 날이 네모진 틀이었다는 걸 보게 된다. 틀 속의 초침 그건 쉴 새 없이 분주했지만 달리고 달려도 제자리였다. 이제야 각진 틀을 둥글게 다듬어 동그라미로 굴리는 사랑을 품는다.

가을이다. 갈갈 으악이는 그걸 대변해서 갈대며 억새가 앞장선다. 갈, 가을에는 마음의 눈을 뜨게 하고 아름다움을 찾게 된다. 아람 번 가을, 아름드리나무를 알아가는 아름다움의 가을을 포용한다. 아람을 위하여 밀고 이끔을 향한 노정, 긴장과 초조함에 시침 따라 돈 게 언제나 제자리였다.

틈이 없어 사이가 멀어지고 숨쉬기도 바빴다. 그 관계를 연결한 앓음의 알음은 여유로움이었고 그건 아름다움이었다. 느지막이 분수를 알고 꽃 피우는 자리에서 직선보다는 곡선이 휘날리는 아름다움이었다. 사이를 벌려야 했다. 공간을 만들고 숨을 채웠다. 쉼 없이 달리며 쉼 없이 자라는 머릿발을 세워 부드럽고 촉촉하게 날려 '답다', '다운', '아리따움'을 피웠다. 맛에서 멋으로 날리는 미적 여유, 한 발 한 발 자연의 품에서 아람, 아름을 찾아가는 길, 그 안에는 엄마 아빠가 심혈을 쏟아준 아름다움이 있고, 품을 열어 사랑을 안는 풍성한 아람이 있다. 물살 따라 흐르기보다는 바람을 거슬러 힘차게 오르는 연을 띄운다. 언제나 새로움 앞에 선다. 시시각각 변하는 시대에서 새롭게 창의를 트는 봄날이었다. 새로워야 한다. 그렇게 어제도 오늘도 늘 새롭다고 여유롭게 공간을 채우던 엄마가 새로운 길로 떠난다는 가쁜 숨소리가 고요를 깼다. 저세상 그 길로 새롭게 길을 내면서 오르신 하늘 길. 말을 잃고 울음을 찾아 올린다. 엄마의 길, 그 길에서 시인의 눈빛은 빛난다.

## 2. 부러질 듯 부러지지 않는다

시적 그건 아람 진 아름다움, 미적이라는 정신을 세우고 격식을 세우지만 그걸 벗어난 자연 안에서 삶의 흐름 따라 소박을 바탕으로 곡선을 그린다. 냇가의 갈대며 억새, 강한 듯하면서도 부드러이 허리 굽혀 맞는 바람, 그 품에서 새싹이 제 키보다도 한창 자랄 때까지 끌어안고 있는, 그 안에서 포용 사랑을 본다. 정적인 듯 향하는 길에는 힘찬 동작이 있다.

다스릴 수 없는 마음
물 위에 풀어 놓으며
마디마다 나누고 싶은 기다림
갈대는 고개 숙여 기도한다

바람의 마음 붙잡고 싶어
언덕 위에 서서 몸 흔들며
고운 빛 머리털 가꾸는 억새
만남의 때를 기다린다

모습이 닮아서 이끌렸을까

이름이 닮아서 만났을까
강 언덕, 물가에 뿌리내리고
올려다보고 내려다보며 견디는 세월
부러질 듯 부러지지 않는다

가끔은 발목을 삔 것처럼
몸 누이며 서걱거려도
대열에서 이탈하지 않는 이유는
인과 연으로 만난 첫 기억 속에서
소중한 생명이 자라기 때문이다

－「인연」 전문

흔들려주는 것 그건 의미를 증폭시킨다. 여린 듯 강하고 억센 듯 부드러운 몸으로 받아들이는 시간에는 다가서는 바람도 다양하다. 고개 숙인 겸손과 내일의 기대로 바람을 맞으면서 방향을 잡고 유연하게 고백을 통하여 올곧게 서며 뛰는 움직임은 춤이고 고독한 독백이다. 사이와 사이엔 결과를 산출하는 거리가 있고 그 관계를 밀착시키는 인연과 짝을 이룬 생명이 기도한다. 심란한 마음을 기도로 풀고 일선의 발걸음을 빛으로 풀어간다. 때와 곳을 알아가는 인연은 핏줄로 이어진다. 만나고 스치는 작은 인연에도 참을 찾아 모성을 세운다.

집안일을 사소히 여기는 사람이
요즘 들어 곧잘 설거지를 한다
그릇 한 개 씻느라 열 바가지 물을 흘려도
그가 씻은 것은 다시 씻어야 하는데

싱크대 앞에 다가가
양 팔꿈치를 싱크대에 고이고
구부정하게 굽은 허리 자세로
아프지도 않은 엄살을 떤다

비켜요 내가 하게
꿈쩍도 안 하는 그가
허리를 구부리고 싱크대에 팔을 괸 채
울고 있었다

어머니가 하던 자세 그대로 따라 하며
그리움을 달래고 있었다
돌릴 수 없는 시간 앞에 서서

– 「설거지하는 남자」 전문

사무친 그리움은 단련이 되지 않는다. 영원한 이별은 다시 볼 수 없어 아픔이고 흐느낌은 자신을 내보이는 흔적이다. 설거지를 하면서 물에 흠뻑 젖어 씻어내려 해도 더 솟아나는 눈물 그 눈물진 울음을 감추기 위한 수돗물의 줄기가 선하다. 눈물은 그리움을 피우면서 존재와 비존재의 사이를 채워 준다. 이별의 허전함이 노출되는 흐느낌은 그리움의 갈증을 풀어낸다. 언제나 붙잡고 싶은 시간은 흘러간다.

가슴에 달린
빨간 카네이션꽃이
어버이날을 끌어들인다

바쁘다 바쁘다고
이런 핑계 저런 핑계 하며
자주 찾아뵙지 못하고

가슴 훑는 바람결에
시든 잎 하나
축 처진 어깨 위에
그리움 흘리고 간다

— 「카네이션」 전문

시인은 어머니 아버지에 대한 그리움이 곡진하다. 특히 어머니를 그분께 보내드린 올봄, 애끓는 마음에서 돌아보는 건 용서와 회오다. 마음 한 조각씩 펼쳐 시를 쓰면서 삭이는 그리움에 흠뻑 젖는다. 어머니! 아버지! 순명이라 하여도 별난 세월을 맞으면서 제대로 손 한번 잡아보지 못하고 안아보지 못하고 떠나가신 자리가 촉촉하다. 시집 전부를 사모 사부로 절절 끓이면서 애태운 심상, 손길과 눈길이 시 편 편을 눈물로 가득 채운다. 보고픔에 날밤 새우고 그리움에 젖는다. 가슴속의 멍울로 따라붙은 비의가 포근한 꽃으로 피어나 재생할 것이다.

비가 장맛날처럼 내리는 날
의료 침상에 여윈 몸을 누인
엄마의 모습

엄마 자요?
나는 낮에 잠이 안 와

평생을 소처럼 일하며 살았다는 표현이
어색하지 않은 엄마
일은 힘든 것이 아니고 즐기는 것이라며
소나무처럼 늘 푸르던 엄마

그건 스스로에게 건 최면이었을까
지금 엄마는
식사 때만 눈을 뜨는 코알라처럼
독한 잠에 취해 있다

밥보다 양이 많은 약에 취함인가
영과 혼의 헤어짐을 준비함일까

뼈가 보일 듯 얇아진 엄마 손 꼭 잡고
귓전에 속삭인다.

엄마! 나 배고파요

— 「독한 방」 전문

엄마! 나 배고파. 엄마, 밥 줘! 배고프단 말야. 엄마는 밥이었다. 엄마가 없으면 언제나 배가 고팠다. 자식만을 위한 밥. 엄마! 어서 일어나. 일어나라구요. 밥을 줘요. 내가 왔어, 나 왔단 말에요. 배가 엄청 고파. 배고프단 말예요. 엄마~ 엄마! 엄마가 잠을 자고 있다. 일어날 줄 모른다. 엄마가 깊이 잠들었나 보다. 엄마! 나 배고파. 그 외에 무슨 말이 필요하겠는가. 엄마는 밥이었고 힘이었고 오늘이었다. 엄마는 지금도 밥을 하고 계신다.

### 3. 햇발이 달려온다

마침표 한 점 찍지 못하고 어머니 아버지의 사랑이 바퀴로 굴러간다. 만남에는 탄생이 있고 정과 사랑이 이루어진다. 너와 나의 거리를 합치시켜 사랑의 힘을 꽃피운다. 목마른 쪽으로 물은 흘러가 적셔주듯 사랑도 메마른 땅으로 다가가 꽃 피워 허공을 빛낸다.

동녘 창을 연다. 황소의 강인한 기질이 누운 모습

이라는 와우산 아니 우암산이 눈앞에 펼쳐진다. 속리로부터 뻗어 내린 한남금북정맥과 고려인의 기상이 숨 쉬는 가마골 그 사이에서 비단 줄기를 내리는 무심천의 아름다움을 밀고 이끄는 예일이 있다. 예술의 일번지 여기엔 부드러움과 질김 그리고 감아 돌고 풀어내서 날래고 내리며 품는 삶의 원초가 태동한다.

햇발이 머릿발을 세워 재빠르게 달린다. 우암의 끈을 잡고 밀고 이끄는 힘찬 소 울음에서 새벽이 퍼진다. 울음은 울림으로 노래가 되고 진실의 바탕에서 감동을 자아내 시가 된다.

아름다움을 추구하는 시는 예술의 싹을 틔우고 꽃을 피운다. 삶의 중심에서 오늘을 아람지게 깨우치기 위한 걸음은 학식 지식으로 단련되면서 지혜로운 지성을 휘날린다. 그 뿌리는 불길에 끓어 맛과 멋을 창조하는 가마솥 같은 엄마 아빠가 질기게 꼬아 내려준 끈이다.

엄마 아빠를 그린다. 세속에 따라 이런저런 사정으로 요양병원에 모셨던 엄마, 코로나로 면회조차 할 수 없었던 안타까운 상황에 그 거리를 채우면서 사이를 애통해하였던 나날, 그 기간은 효를 더듬게 한다.

시는 참이다. 진실 안에서 마음을 움직이고 얼굴을 보인다. 엄마를 그리는 사모 시는 진실한 삶의 길에서 감동에 젖는다. 씨앗과 햇빛의 인연은 자라고 피고 맺을 때까지 언제나 줄기였다. 이제 그 엄마가 저 세상으로 가셨다. 엄마의 부재는 침묵의 덩어리를 시뻘겋게 달궈서 시의 줄기로 세운다. 키우면 키울수록 꺼내면 꺼낼수록 깊어지는 상처, 어떤 치료로도 치유가 어려운 아픔이다.

옷을 입으면 덥고 옷을 벗으면 춥다라는 시인의 심상은 정을 가라앉히는 게 얼마나 고통이고, 얼마나 세월이 흘러야 하는지, 시인에게는 그리움으로도 새길 수 없는 영원한 보고픔이다.

우암산 꼭대기에서 해가 오른다. 햇발이 달려온다. 목구멍에서 차오르는 보고픔은 날 선 창의 빛살처럼 눈부시게 찌른다.

이대로 사랑할 수 없을까

2021년 11월 20일 초판 인쇄
2021년 11월 25일 1쇄 발행

지은이 홍도화
만든이 박찬순
만든곳 예술의숲
등록 2002. 4. 25.(제25100-2007-37호)
주 소 · 충북 청주시 상당구 교서로 2
전 화 · 070-8838-2475
휴 대 폰 · 010-5467-4774
이 메 일 · cjpoem@hanmail.net


ISBN 978-89-6807-189-8 03810
* 잘못된 책은 구입한 곳에서 바꾸어 드립니다.
* 책값은 뒤 표지에 표시하였습니다.

※ 이 책은 충청북도, 충북문화재단의 후원으로
문화예술육성지원사업의 일환으로 지원받아 발간되었음